講談社文庫

ポテト・スープが大好きな猫

テリー・ファリッシュ 作｜バリー・ルート 絵｜村上春樹 訳

講談社

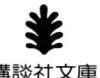

ポテト・スープが大《だい》好《す》きな猫《ねこ》

The Cat Who Liked Potato Soup

テリー・ファリッシュ［作］　バリー・ルート［絵］

村上春樹［訳］

JUNK MAIL

おじいさんはテキサスの田舎《いなか》で生まれ、そこで育《そだ》った
根《ね》っからのテキサスっ子です。そう、フライド・チキンやら、
ルイスビル湖《こ》より大きなとうもろこしパンやらを食べて、
すくすくと元気に成長《せいちょう》したわけです。おじいさんはこれまで、
とてもたくさんの猫《ねこ》たちといっしょに暮《く》らしてきました。
もっとも、どれもこれも同じような見かけの猫《ねこ》だったので、
今となっては、ぜんぶで何匹《なんびき》くらいの猫《ねこ》が
やってきて去《さ》っていったのか、とても数えきれません。

でも今では、生活もずいぶんこぢんまりとして、
おじいさんと一匹《ぴき》の猫《ねこ》がいるだけです。おじいさんは、
この猫《ねこ》のことがけっこう気に入っているのですが、
そんなそぶりは、ほとんど見せません。

おじいさんと猫《ねこ》は「やかまし街道《かいどう》」と呼《よ》ばれる
道路《どうろ》の前に住《す》んでいました。
道ぞいの電線の上には、ブラックバードが
ぎっしり一列《れつ》になってとまり、
朝から晩《ばん》まで、おしゃべりにはげんでいたからです。

「うまいブラックバード・パイが作れそうだな」
とおじいさんは猫《ねこ》に言いました。
猫《ねこ》は鳥を見上げ、ぺろりと舌《した》なめずりをしました。
「そんなこと言っても」とおじいさんは言いました。
「お前には鳥がどんな味《あじ》かも、わからんだろうに。
お前は生《い》き物《もの》をつかまえたことなんて、
一度《いちど》だってないんだからな」
まったくそのとおり、この猫《ねこ》はねずみ一匹《いっぴき》、
つかまえたことがありません。

この猫《ねこ》の好物《こうぶつ》は、おじいさんの作ってくれる
ポテト・スープでした。それもおじいさんが、
この雌猫《めすねこ》を気に入っている理由《りゆう》のひとつです。
でもそんなそぶりは、ほとんど見せません。

おじいさんと猫《ねこ》は、ピックアップ・トラックを持《も》っていました。
ふたりはよくそれに乗《の》って、湖《みずうみ》に魚釣《さかなつ》りに行きました。

猫《ねこ》はボートのへさきに座《すわ》りました。
そこで風を顔に受《う》けているようすは、
まるで船のかざりもののようです。

おじいさんは淡水《たんすい》すずきを釣《つ》り上《あ》げましたが、
かかるのは小ぶりなものばかりなので、だいたいいつも、
今度《こんど》はもっと大きくなっているんだぞと、魚に言い聞かせ、
キスをして水に戻《もど》してやることになりました。
猫《ねこ》ときたら、やはりなにもつかまえません。

TX

ある冬の日のことです。
おじいさんは電気毛布《でんきもうふ》をうちに持《も》ち帰《かえ》ってきました。
猫《ねこ》は「やれやれ、ようやく」という顔で
それを見ていました。

おじいさんには猫《ねこ》が考えていることがわかりました。
「ご満足《まんぞく》いただけたようで、女王様《じょおうさま》」

猫《ねこ》はただ目を細めただけです。
そしてそっぽを向《む》き、冬コムギの畑《はたけ》を
熱心《ねっしん》にながめていました。

明くる日の夕方、猫《ねこ》は起《お》きあがろうという
気持《きも》ちに、どうしてもなれませんでした。
食事《しょくじ》は、こっちにはこんできてよね。
おじいさんはため息《いき》をつきました。
「なんて猫《ねこ》だ、まったく。
なんの役《やく》にも立たんのだからな。
ねずみ一匹《いっぴき》つかまえやしない」

おじいさんは小さなお盆《ぼん》に
ポテト・スープのおわんをのせて、
猫《ねこ》のところにはこんでやりました。

朝が来て、魚釣《さかなつ》りに出かける

いつもの時間になりました。

おじいさんは玄関《げんかん》に立ち、

帽子《ぼうし》のひさしをぎゅっとおろし、

猫《ねこ》に声をかけました。

「寝坊《ねぼう》をしてちゃ、魚は釣《つ》れないぞ」

ゆっくりと、そう言いました。

猫《ねこ》が起《お》きあがって、トラックまで大いそぎで

とんでくるんじゃないかと思ったからです。

でもなにもおこりません。

猫《ねこ》はぐっすりと眠《ねむ》りこんでいるらしく、

深《ふか》い、深《ふか》い寝息《ねいき》が聞こえるだけです。

おじいさんはあきらめて首をふりました。

まあいいさ、ひとりで行くとしよう。

猫《ねこ》がいなくてどうだっていうんだ？

ただのやせっぽちの猫《ねこ》じゃないか。

魚釣《さかなつ》りにもいきゃしないんだから。

おじいさんは一人でボートを湖《みずうみ》に出しました。
朝の湖面《こめん》には、冬の霧《きり》が深《ふか》くたれこめています。
なぜかボートはうまくいうことをきいてくれないし、
なぜか魚は一匹《いっぴき》もかかってくれません。

家では猫《ねこ》が目をさましました。
でもいくら待《ま》っても、台所《だいどころ》からものおとは聞こえてきません。
わたしを残《のこ》して、おじいさんが出かけるわけはないのに。

冬の夜明けどき、霧《きり》は晴れて、
お月様《つきさま》が空にまだかたちを残《のこ》しています。
猫《ねこ》はじっと待《ま》ちました。

あたりは明るくなり、月もかすんでいきました。
でもスープもなく、おじいさんもいません。

猫《ねこ》はベッドを出て、窓《まど》ぎわに行きました。
窓《まど》にはいつもわずかなすきまがあいています。
猫《ねこ》はそこから外に出ると、
まっ平《たい》らな、黄色く色づいた野原に姿《すがた》を消《け》しました。

おじいさんが家にもどると、
ベッドで寝《ね》ていたはずの猫《ねこ》の姿《すがた》が見えません。
ほかの部屋《へや》も探《さが》してみました。
家には部屋《へや》がみっつあります。
でもそのどこにも、猫《ねこ》はいません。
お昼ごはんの時間になっても、猫《ねこ》はもどりません。
夕ごはんの時間になっても、猫《ねこ》はもどりません。

あくる日の夜明けどきになっても、猫《ねこ》の姿《すがた》はやはりありません。

おじいさんは魚釣《さかなつ》りに行くためにベッドを出ました。
おじいさんはその次《つぎ》の日の朝にも、
そのまた次《つぎ》の日の朝にも、魚釣《さかなつ》りに出かけました。

そしていつも、からっぽの家に帰ってきました。

「おこってしまったことはしょうがない」
おじいさんはある朝、自分にそう言い聞かせました。
「どうせなんの役《やく》にも立たない猫《ねこ》なんだ。
ねずみ一匹《いつぴき》つかまえやしないんだから」

おじいさんは「やかまし街道《かいどう》」と呼《よ》ばれる道路《どうろ》の、
家の前にトラックを停《と》め、いつも猫《ねこ》とふたりで
歩いた玄関《げんかん》までの道を、ひとりで歩きました。
うつむいて、足取《あしど》りも重《おも》く、さびしそうな顔で。
でも玄関《げんかん》のポーチに着《つ》いてみると――

そこに猫《ねこ》が待《ま》っていました。
そして前足で魚を一匹《ぴき》ぎゅっと押《お》さえています。
キスして逃《に》がしてやる必要《ひつよう》のないくらい
大きく育《そだ》った魚です。

猫《ねこ》の目は怒《いか》りに燃《も》えていました。
しっぽはいきおいよくふりまわされ、木の床《ゆか》にあたって、
ばたんばたんと強い音を立てています。
猫《ねこ》はおじいさんの顔をじっとにらみつけました。

おじいさんはあわてて野球帽《やきゅうぼう》をとり、
猫《ねこ》をまじまじとながめました。
それから魚をまじまじとながめました。
それを見て、鳥たちさえしんと静《しず》まりかえりました。
でも猫《ねこ》はそんなこと気にもとめません。
この魚はおじいさんにもさわらせるもんか、
というけわしい顔つきです。

猫《ねこ》はしゃべりません。

ただ遠ぼえするような鳴き声をあげるだけです。

大きく口を開《あ》け、長いあいだ「うぉーん」と鳴いていました。

猫《ねこ》がそのように語る話を、おじいさんはくわしいところまでは、

よく聞きとれませんでした。でもおおよそのところ、

猫《ねこ》は水に濡《ぬ》れるのはいやだったけれど、

いっしょうけんめい泳《およ》ぎに泳《およ》ぎ、

魚をあいてになにやかやあった、ということらしいのです。

それがどんなにたいへんなことだったか、

猫《ねこ》はおじいさんに向《む》かって、いつまでも語りつづけました。

猫《ねこ》がくたびれて、もうなにも話せなくなるまで、

おじいさんは猫《ねこ》といっしょにポーチに座《すわ》っていました。

猫《ねこ》の話はずいぶんややこしく、

つながりかたがよくわかりませんでしたが、

それでもおじいさんは、すっかり感心《かんしん》してしまいました。

かわいそうなことをしたと、こころが痛《いた》みました。

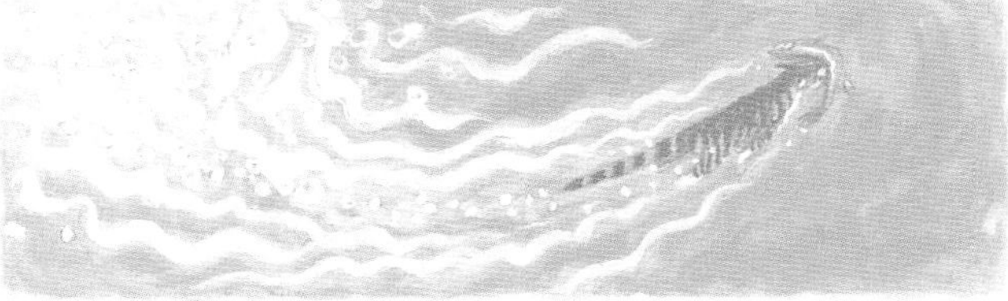

猫《ねこ》は長いことていねいに、前足で顔をあらっていました。

耳もぴんと立って、すっかり元気そうになりました。

これからはどんなにぐあいが悪《わる》そうに見えても、

お前を置《お》いてはいかないよ、とおじいさんは猫《ねこ》に約束《やくそく》をしました。

魚《さかな》釣《つ》りにいっしょにつれていくには、

この猫《ねこ》はもう年をとりすぎたんじゃないかと、

おじいさんはちょっと考えただけなのです。

「ただうとうとしていただけなのに！」

というのが猫《ねこ》のいいぶんです。

冬の朝に、気持《きも》ちよくいねむりをしてちゃいけないのかしら？

おじいさんは猫《ねこ》に魚のお礼《れい》を言いました。でも猫《ねこ》には、

おじいさんに魚をあげたつもりなんて、ぜんぜんありません。

でもな、お前、魚もねずみも、

べつにつかまえなくたっていいんだよ、

とおじいさんは猫《ねこ》に言いました。

お前は今のお前のままでいいんだからさ。

そして、たしかにちょいとやせっぽちだけどな、

とつけ加《くわ》えました。

猫《ねこ》は知らん顔をしていました。

おじいさんはその夜、口笛《くちぶえ》を吹《ふ》きながら、
またポテト・スープを作りました。
猫《ねこ》は電気毛布《でんきもうふ》の上に横《よこ》になり、
ごろごろとのどを鳴らしていました。

おじいさんはそんな猫《ねこ》の姿《すがた》を目にしてほっとしました。
今では、そんな気持《きも》ちがはっきりと目に見えます。
でも猫《ねこ》は、まだきげんがもどらないみたいで、
おじいさんといっしょの毛布《もうふ》では寝《ね》てくれません。

それでも夜がふけて、
空に銀色《ぎんいろ》の月が浮《う》かぶころには、
二人はまた、すっかりなかよしになっていました。

訳者《やくしゃ》あとがき

　この『ポテト・スープが大好《だいす》きな猫《ねこ》』は、ある日アメリカの街《まち》を散歩《さんぽ》していて、偶然《ぐうぜん》みつけた絵本です。ある書店のウィンドウにこの本が飾《かざ》ってあったのですが、表紙《ひょうし》の絵が一目で気に入ってしまいました。『ポテト・スープが大好《だいす》きな猫《ねこ》』という題《だい》も素敵《すてき》です。だから店の中に入って、本を見せてもらいました。ぱらぱらとページをめくり、「うん、これはいいや」と思って買って帰り、机《つくえ》に向《む》かってそのまま翻訳《ほんやく》してしまいました。

　僕《ぼく》は猫《ねこ》が好《す》きなので、猫《ねこ》の出てくる絵本はよく買うのですが、この物語《ものがたり》に出てくる年取《としと》った雌猫《めすねこ》のキャラクターはとりわけ魅力的《みりょくてき》です。僕《ぼく》も年取《としと》った雌猫《めすねこ》を何度《なんど》も飼《か》った（というか一緒《いっしょ》に暮《く》らした）ことがあるので、その雰囲気《ふんいき》はとてもよくわかります。年取《としと》った雌猫《めすねこ》はだいたいにおいて気むずかしくて、すぐムッと腹《はら》を立てるのだけれど、感情《かんじょう》が細やかで、（きげんの良《よ》いときには）とても心優《こころやさ》しくて、深《ふか》く気持《きも》ちを通じ合わせることができます。

主人公《しゅじんこう》のおじいさんもかなりがんこで、いくぶん気むずかしい人らしく、この猫以外《ねこいがい》の誰《だれ》かと親しく交際《こうさい》しているふうも見えません。湖《みずうみ》に釣《つ》りに行くことが、二人の共通《きょうつう》した趣味《しゅみ》です。こんな二人がテキサスの田舎《いなか》で、温《あたた》かいポテト・スープを食べながら、のんびりと肩《かた》を寄《よ》せ合《あ》って暮《く》らしているわけです。いいですよね。ひょっとしたら、僕《ぼく》もこんな晩年《ばんねん》を送《おく》ることになるのかもしれないな、とふと考えたりしてしまいます。

この本は、年取《としと》った雌猫好《めすねこず》きの読者《どくしゃ》のみなさんには――世《よ》の中《なか》にどれくらいそんな人がいるのかわかりませんが――きっと喜《よろこ》んでいただけるのではないでしょうか。

楽しい絵本なので、いちいち訳注《やくちゅう》をつけるほどのことではないのですが、いちおう翻訳者《ほんやくしゃ》としていくつかの細かい説明《せつめい》を加《くわ》えておきます。

表紙《ひょうし》のおじいさんがかぶっている帽子《ぼうし》は、野球《やきゅう》チーム、テキサス・レンジャーズの帽子《ぼうし》です。きっとこのチームのファンなのでしょう。おじいさんは寝《ね》るときと、ご飯《はん》を食べるときのほかは、どうやらこの帽子《ぼうし》を取《と》らないみたいです。ちなみにルイスビル湖《こ》も、テキサス・レンジャーズの本拠地《ほんきょち》も、テキサス州《しゅう》ダラスの郊外《こうがい》にあります。帽子《ぼうし》のマークであるひとつ星（ローン・スター）はテキサスの象徴《しょうちょう》です。このおじいさんは本当にはえぬきのテキサスっ子で、テキサスを愛《あい》しているのですね。

おじいさんのしゃべり方も、いかにもはえぬきのテキサスっ子らしい、ちょっとクセのあるしゃべり方なのですが、残念《ざんねん》ながら、翻訳《ほんやく》ではうまく味《あじ》が出せません。「表現《ひょうげん》はいささかぶっきらぼうだけど、心根《こころね》は優《やさ》しい」という感《かん》じのしゃべり方です。都会的《とかいてき》でスマートなしゃべり方の対極《たいきょく》にあるものです。

おじいさんの家の郵便受《ゆうびんう》けには、便器《べんき》が置《お》いてあって、そこに「ジャンク・メール」という札《ふだ》が立ててありますが、ジャンク・メールというのは、広告《こうこく》とか勧誘《かんゆう》とかのごみ郵便《ゆうびん》のことです。そういうものは便器《べんき》にでも入れてくれよ、というおじいさん特有《とくゆう》のユーモアなのですね。気持《きも》ちはわかります。紙資源《かみしげん》の無駄《むだ》づかいですよね。

それからみなさんはお気づきになったかもしれませんが、この雌猫《めすねこ》の毛並《けな》みは茶色というよりも、オレンジ色に近いと思いませんか？　日本では「茶猫《ちゃねこ》」と言うところを、アメリカ人はよく「オレンジ・キャット」と言います。しかしアメリカに実際《じっさい》にオレンジ色の猫《ねこ》がいるかというと、僕《ぼく》はそういうのを目にしたことは一度《いちど》もありません。前から気になっていたので、アメリカに住《す》んでいるときに、ずいぶん気をつけてみていたのですが、オレンジ色の猫《ねこ》には会ったことがありません。専門的《せんもんてき》なことはよくわからないのですが、一介《いっかい》の猫好《ねこず》きの目から見る限《かぎ》り、日本の「茶猫《ちゃねこ》」とアメリカの「オレンジ・キャット」は、おおよそ同じ色合いの猫《ねこ》を指《さ》すもののようです。ただ色合いに対《たい》する感覚《かんかく》が、国によって違《ちが》うということなのでしょう。しかしこの絵本を描《えが》いている人は、オレンジ・キャットをそのまま「字義《じぎ》どおり」オレンジ色っぽく描《えが》いているようです。面白《おもしろ》いですね。

７ページに、家の前の電線にブラックバードが並《なら》んでとまっていて、それをおじいさんが見て、「うまいブラックバード・パイが作れそうだな」と言う場面《ばめん》があります。ブラックバードは日本語でいえばクロムクドリモドキという名前になるそうです。でもそんなこと急《きゅう》に言われても、みなさんもどんな鳥だかわからないだろうと思うので、ブラックバードのままにしました。それから欧米《おうべい》には「ブラックバード・パイ」という有名《ゆうめい》な童謡《どうよう》があります。「王様《おうさま》が24羽のブラックバードを入れたパイを焼《や》いて、それを切りひらいたら、鳥がそのまま飛《と》び出《だ》してきた」という内容《ないよう》の歌です。おじいさんはその歌を思い出して言っているわけで、本当にブラックバード・パイという料理《りょうり》があるわけではありません。

もうひとつとても細かいことですが、おじいさんのうちの電話はまだダイヤル式《しき》なんですね。ちゃんと通じるのかな。おじいさんはきっとインターネットなんて、「ふん」とか思って、やらないんでしょうね。

村上春樹《むらかみはるき》

本書は2005年11月、小社より単行本として刊行されました。

ポテト・スープが大好《だいす》きな猫《ねこ》

テリー・ファリッシュ 作|バリー・ルート 絵|村上春樹《むらかみはるき》 訳

講談社文庫

定価はカバーに
表示してあります

2008年12月12日第1刷発行

発行者——中沢義彦
発行所——株式会社 講談社
東京都文京区音羽2-12-21 〒112-8001
電話 出版部 (03) 5395-3510
　　 販売部 (03) 5395-5817
　　 業務部 (03) 5395-3615
Printed in Japan

デザイン—菊地信義
本文データ制作—講談社プリプレス管理部
印刷———株式会社精興社
製本———株式会社国宝社

落丁本・乱丁本は購入書店名を明記のうえ、小社業務部あてにお送りください。送料は小社負担にてお取替えします。なお、この本の内容についてのお問い合わせは文庫出版部あてにお願いいたします。

ISBN978-4-06-276230-4

講談社文庫刊行の辞

二十一世紀の到来を目睫に望みながら、われわれはいま、人類史上かつて例を見ない巨大な転換期をむかえようとしている。

世界も、日本も、激動の予兆に対する期待とおののきを内に蔵して、未知の時代に歩み入ろうとしている。このときにあたり、創業の人野間清治の「ナショナル・エデュケイター」への志を現代に甦らせようと意図して、われわれはここに古今の文芸作品はいうまでもなく、ひろく人文・社会・自然の諸科学から東西の名著を網羅する、新しい綜合文庫の発刊を決意した。

激動の転換期はまた断絶の時代である。われわれは戦後二十五年間の出版文化のありかたへの深い反省をこめて、この断絶の時代にあえて人間的な持続を求めようとする。いたずらに浮薄な商業主義のあだ花を追い求めることなく、長期にわたって良書に生命をあたえようとつとめるところにしか、今後の出版文化の真の繁栄はあり得ないと信じるからである。

同時にわれわれはこの綜合文庫の刊行を通じて、人文・社会・自然の諸科学が、結局人間の学にほかならないことを立証しようと願っている。かつて知識とは、「汝自身を知る」ことにつきていた。現代社会の瑣末な情報の氾濫のなかから、力強い知識の源泉を掘り起し、技術文明のただなかに、生きた人間の姿を復活させること。それこそわれわれの切なる希求である。

われわれは権威に盲従せず、俗流に媚びることなく、渾然一体となって日本の「草の根」をかたちづくる若く新しい世代の人々に、心をこめてこの新しい綜合文庫をおくり届けたい。それは知識の泉であるとともに感受性のふるさとであり、もっとも有機的に組織され、社会に開かれた万人のための大学をめざしている。大方の支援と協力を衷心より切望してやまない。

一九七一年七月

野間省一